# 大海的呼喚

國家圖書館出版品預行編目資料

大海的呼喚／管家琪文；吳健豐圖.－－初版一刷.－
－臺北市；三民，民91
　　面；　　公分－－(兒童文學叢書.童話小天地)

　　ISBN 957-14-3593-7　(平裝)


859.6

ⓒ　大海的呼喚

著作人　管家琪
繪圖者　吳健豐
發行人　劉振強
著作財
產權人　三民書局股份有限公司
　　　　臺北市復興北路三八六號
發行所　三民書局股份有限公司
　　　　地址／臺北市復興北路三八六號
　　　　電話／二五〇〇六六〇〇
　　　　郵撥／〇〇〇九九九八——五號
印刷所　三民書局股份有限公司
門市部　復北店／臺北市復興北路三八六號
　　　　重南店／臺北市重慶南路一段六十一號
初版一刷　中華民國九十一年二月
編　　號　S 85501
定　　價　新臺幣肆佰元整
行政院新聞局登記證局版臺業字第〇二〇〇號

ISBN　957-14-3593-7　(平裝)

網路書店位址：http://www.sanmin.com.tw

# 滿天星斗

## （主編的話）

不知道你有沒有聽過這個故事？

從前從前夜晚的天空，是完全沒有星星的，只有月亮孤獨地用盡力氣在發光，可是因為月亮太孤獨、太寂寞了，所以發出來的光也就非常微弱暗淡。那時有一個人，擁有所有的星星。她不是高高在上的國王，也不是富甲天下的大富翁，她是一個名叫小絲的女孩。小絲的媽媽總是在小絲入睡前，念故事給她聽，然後，關掉房間的燈，於是小絲房間的天花板，就出現了滿是閃閃發亮的星星。小絲每晚都在星光中走入甜美的夢鄉。

有一天，小絲在學校裡聽到同學們的談話。

「我晚上都睡不著覺，因為我房間好暗，我怕黑。」一個小男孩說。

「我也是，我房間黑得像密不透氣的櫃子，為什麼月亮姐姐不給我們多一些光亮？」另一個小女孩說。

那天晚上，小絲上床後，當媽媽又把電燈關熄，房中的天花板上又滿是星光閃爍時，小絲睡不著了，她想到好多好多小朋友躺在床上，因為怕黑而睡不著覺，她心裡好難過。她從床上爬起來，走到窗前，打開窗子，對著月亮說：「月亮姐姐啊，您為什麼不多給我們一些光亮呢？」

「我已經花好大的力氣，想要把整個天空照亮，可是我只有一個人啊！整個晚上要在這兒，我覺得很寂寞，也很害怕。」月亮回答。

「啊！真對不起。」小絲很抱歉，錯怪了月亮。可是她心裡也好驚訝，像月亮姐姐那麼美，那麼大，又高高在上，也會怕黑、怕寂寞！

小絲想了一會兒，對著月亮說：「月亮姐姐，您要不要我的星星陪伴您呢？星星會不會使天空明亮一些？」

「當然會啊！而且也會使我快樂一些，我太寂寞了。」月亮高興的回答。

小絲走回房間，抬頭對著天花板上，天天陪著她走入甜美夢鄉的星星們說：「你們應該去幫忙

月亮，我雖然會很想念你們，但是每天晚上，當我看著窗外，也會看到你們在天空閃閃發亮。」小絲對著星星們，含淚依依不捨的說著：「去吧！去幫月亮把天空照亮，讓更多小朋友都看到你們。」

從此，天空有了星光。月亮也因為有了滿天的星斗相伴，而不再寂寞害怕。

每當我重複述說著這個故事時，不論是大人或小孩心中都會洋溢著溫馨，也都同樣地盪漾著會心的微笑。

童話的迷人，正是在那可以幻想也可以真實的無限空間，從閱讀中也為心靈加上了翅膀，可以海闊天空遨遊。這也是我始終對童話故事不能忘情，還找有志一同的文友們為小朋友編寫童話之因。

這一套童話的作者不僅對兒童文學學有專精，更關心下一代的教育，出版與寫作的共同理想都是為了孩子，希望能讓孩子們在愉快中學習，在自由自在中發展出內在的潛力。

想知道小黑兔到底變白了沒有？小虎鯨月牙兒可曾聽見大海的呼喚？森林小屋裡是不是真的住著大野狼阿公？在「灰姑娘」鞋店裡買得到玻璃鞋嗎？無賴小白鼠又怎麼會變成王子？細胞裡的歷險有多刺激？土撥鼠阿土找到他的春天了嗎？還有流浪貓愛咪和小女孩愛米麗之間發生了什麼事？……啊！太多精采有趣的情節了，在這八本書中，我一讀再讀，好像也與作者一起進入了他們所創造的故事世界，快樂無比。

感謝三民書局以及與我有共同理想的作家朋友們，他們把心中的美好創意呈現給大家。而最重要的是，如果沒有可愛的讀者，一再的用閱讀支持，《兒童文學叢書》不可能一套套的出版。

美國第一夫人羅拉·布希女士，在她上任的第一天，就專程拜訪小學老師，感謝他們對孩子的奉獻。曾經當過小學老師與圖書館員的她，很感謝小學老師的啟蒙，和父母的鼓勵。她提醒社會大眾，讀書是一生的受惠。她用自己從小喜愛閱讀的經驗，來肯定童年閱讀的重要收穫。

我因此想起了一個從小培養兒童文學的社會，有如那閃爍著星光，群星照耀的黑夜，不僅呈現出月亮的光華，也照耀著人生的長河。讓我們一起祈望，不論何時何地，當我們仰望夜空，永遠有滿天星斗，而不是只有孤獨的月光。

祝福大家隨著童話的翅膀，海闊天空任遨遊。

 一點真實的感觸

老大東東小時候上的第一個幼稚園叫做「大佳幼稚園」。他很喜歡「大佳幼稚園」，最主要的原因是那兒的園區很大，小朋友們活動的地方很多。那時候，東東常常開口閉口就是「我們大佳幼稚園如何如何」，充分流露他對學校的喜愛。

有一次去臺中，我們帶東東去東海大學玩。我很喜歡東海大學，每回只要有機會去臺中，我一定會抽點時間到東海大學去走走。那是東東第一次去東海大學，才剛走進校園不久，他就老氣橫秋的說：「哇，這個學校很大耶！」隔了沒多久，他又冒出第二句話：「有我們大佳幼稚園大嗎？」

身邊的大人都笑了。小孩子的「天真」、「不知天高地厚」乃至於「無知」，是多麼的可愛呀！

可是──同樣的「天真」、「無知」、「不知天高地厚」若發生在大人身上，就一點也不可愛了，你說是不是？

小時候讀「井底之蛙」、「夜郎自大」這樣的故事時，總有一點兒疑惑：「這個故事會不會太誇張了？」可是等到長大之後，尤其是開始做事以後，才愈來愈發覺──天啊，原來這個世界上多的是自大的「夜郎」，多的是不知天有多大的「井底之蛙」！

一個人唯有先知道自己的不足，知道還有很多好書還沒讀，知道自己的修養還可以再修練，知道自己還可以再進步，才可能真的一天比一天進步，一天比一天有所長進，也一天比一天更臻完美。

《大海的呼喚》這個故事，有我真實的感觸在裡頭，所以寫起來很有感覺。

　　除了上面所說有關「自大」方面的感觸之外，我還有另外一番比較「悲哀」的感觸──其實，人往往受限於本身的環境和經驗，許多事情，我們確實永遠無法想像，也無從去體會和理解；就好像這個故事中的「月牙兒」，注定永遠無法得知「大海」究竟是怎麼一回事一樣。

管家琪

兒童文學叢書
・童話小天地・

# 大海的呼喚

管家琪・文

吳健豐・圖

三民書局

# ~1~

「月牙兒」是動物園裡一隻備受大家喜愛的小虎鯨。

他的媽媽是目前最熱門的動物明星。月牙兒是在動物園裡出生的。他的出生，在當時可是一個廣受矚目的大新聞，為了盛大迎接他，動物園還舉辦了一個有趣的命名活動，邀請所有小朋友共同來為這個可愛的虎鯨寶寶命名，最後敲定的「月牙兒」這個名字是從幾千封應徵信函中經過精挑細選才脫穎而出的，命名的是一個小女孩，命名的靈感是來自虎鯨寶寶眼睛後方酷似弦月的白色圖案。

　　月牙兒就這樣在大家的期盼之下出生，一出生就贏得所有人關心及喜愛的目光，真可說是「天之驕子」了。而他也不負眾望，十分聰明伶俐，從很小的時候開始，就會跟在媽媽身邊一起「表演」。其實他的表演還很簡單，只不過是在媽媽進、出場時，跟在媽媽身邊一起游著，可是觀眾（尤其是小朋友）只要一看到他，就會興奮的尖叫。

6

　　最近，月牙兒還學會了一個新把戲——他會把上半身潛進水裡，然後把尾鰭翹起來輕輕搖晃，彷彿是在向觀眾「揮手致意」，這下子觀眾叫得更兇，掌聲也更驚人了。

　　「你瞧，他們多喜歡你。」媽媽曾經不只一次這樣對他說。

　　而月牙兒看到觀眾為他這樣的如癡如狂，心裡頭當然很高興，也很得意。

　　「等我長大了，我一定要學會媽媽所有的把戲，而且，我要做得比媽媽更好！」小月牙兒信心十足又豪氣萬千的立下了志願。

　　月牙兒一心認定，未來這整個世界都是屬於他的。

## ～2～

　　月牙兒怎麼也想不到，
竟然會有人那麼輕易就
奪走他的鋒頭，而且——
還是被一個那麼難看的傢伙！

　　不久前，一群遊客在
沙灘上發現了一隻擱淺的
小駝背鯨。經過新聞報導
之後，立刻引起社會大眾
廣泛的注意。幾個海洋
生物學家立刻趕到現場，
細心的為這隻已經受了傷的
小駝背鯨檢查。專家們判斷，
這隻小駝背鯨大概是不小心
落單迷路，又遭到了攻擊，
才會在近海處擱淺。

他們趕緊火速把小駝背鯨送到動物園這裡
來療養。那一天，動物園裡真是鬧烘烘的，
不但有警車開道，還有一大堆的新聞採訪車，
和許許多多聞風趕來看熱鬧的民眾。

13

「媽媽，發生了什麼事？怎麼這麼吵！」
月牙兒好奇的問。

媽媽說：「好像是有什麼大人物來了。」

這時，月牙兒看到躺在大大溼溼塑膠墊上的
小駝背鯨，驚訝的說：「這就是大人物？
老天爺，他可真醜啊，渾身上下都是疙瘩！」

媽媽比他更驚訝，「原來是一隻小駝背鯨，
他好像受傷了！」

「哇！」月牙兒突然吃驚得叫起來，「媽媽，
你快看！他們居然讓他住在我們隔壁！」

　　在月牙兒的心中，一直有一種優越感。
動物園裡連他在內其實有五隻虎鯨，但是只有
三隻（包括他）住在這表演區，其他兩隻則
一直住在展示區。月牙兒一直以為只有會表演的
動物明星才有資格住在表演區，沒想到，現在
這個陌生的醜八怪竟然一來就這麼大模大樣的
住進了表演區！

15

月牙兒簡直快被氣炸了！

接下來，動物園裡成天熙熙攘攘，人來人往，都是來看小駝背鯨的。月牙兒的心裡充滿了不服氣。

「這傢伙哪裡值得大家這麼注意他呢？真搞不懂！」月牙兒常常氣悶的這麼想。

16

17

有一天，月牙兒看到一個漂亮的長髮女孩抓著麥克風急急的朝表演區這裡走來，旁邊還跟著一個壯壯的男士，肩上扛著攝影機。

「哦，是新聞記者來了！」月牙兒最喜歡人家拍他了，馬上靈巧的把上半身潛進水裡，然後把尾鰭翹起來，做出可愛的「揮手」動作。

「怎麼樣？我的動作愈來愈熟練了吧！」
月牙兒愉快的想著。

　　然而，等他再度露出水面的時候，睜眼
一瞧 —— 長髮女孩和扛著攝影機的男士
早就不見了！ —— 不，是越過了他而趕去拍
小駝背鯨了！

19

原來，他們根本沒看到他特別做出來的「揮手」動作；他們根本不在意他，只在意小駝背鯨。

聽說報紙和電視臺最近天天都在報導小駝背鯨的復原情形，不厭其煩的告訴大家今天小駝背鯨吃了多少，又注射了多少營養素。月牙兒真不懂，這些雞毛蒜皮的小事，有什麼好講的？

此刻望著正對著小駝背鯨猛拍不停的那組新聞記者，月牙兒不但心裡很酸，還有一種受傷的感覺。

他覺得那隻渾身疙瘩的小駝背鯨，實在太討厭了。

「真希望他趕快好，趕快滾吧！」月牙兒的心裡恨恨的這麼想。

21

# ～3～

　　在專家們細心的照顧之下，
小駝背鯨逐漸恢復了健康。
現在，每天來動物園看他的人
愈來愈多，月牙兒的心裡也
更酸了。

　　更叫月牙兒生氣的是，
小駝背鯨那個傢伙好驕傲呀，
明明現在身體已經好多了，
卻還是成天那麼一付要死不活的
樣子，明明知道有那麼多人專程
來看他，卻還老閉著眼睛裝睡，
一付滿不在乎、根本不理人的
德性，實在是好過分！月牙兒
實在好氣，那些遊客和專家，
為什麼要這麼縱容一個自大
無禮的傢伙？他到底有哪一點
特別嘛！

23

隔著透明的玻璃隔板，
月牙兒近距離的看著
小駝背鯨，小駝背鯨也
看到了他，但是眼神
十分冷淡，只是冷冷的
掃了一眼就很快的移開了。

24

「哼，不理就不理，誰稀罕！」
月牙兒也氣呼呼的游開。

這天，月牙兒聽到一個消息，差點沒當場氣昏。

他立刻游去找媽媽，「媽媽！你聽說了嗎？他們居然也要給那個醜八怪取名字！而且，也要邀請所有的小朋友來一起想名字！」

「是啊，我聽說了。」媽媽淡淡的點點頭。

「這怎麼可以呢！」月牙兒叫起來：「不是只有我才可以這樣嗎？」

「咦，誰說只有你才可以這樣啊？」媽媽笑了。

「可是──可是──那傢伙什麼也不會！」月牙兒不滿的叫起來：「他甚至不是在這裡出生的，大家為什麼要這麼寶貝他呢？」

媽媽望著月牙兒，眼神挺複雜的，有點兒憂傷，也有點兒──同情。是的，是同情，雖然月牙兒不懂媽媽為什麼會有這種眼神，但他的確從媽媽的眼神裡看到了同情。

「孩子，你知道嗎？」媽媽停頓了半晌，終於幽幽的開口了，「或許──就是因為他不是在這裡出生的……他來自大海……所以大家才這麼寶貝他啊。」

「是嗎？」月牙兒在心裡默默的想著；他實在是搞不懂這到底是怎麼回事？

# ～4～

現在，他們把小駝背鯨
放進最大的表演專用的
水池，但是，大家當然
不是要他表演什麼，
只是單純的想讓他換一個
比較大一點兒的池子。
尤其是這一陣子，
小駝背鯨在大家的照顧
之下，長大了不少，
原先的池子顯得有一點兒
擁擠了。

29

正陪在媽媽身邊的月牙兒，嫉妒又憤恨的看著那討厭的傢伙再一次侵入他的「地盤」；過去他一直以為只有動物明星才可以在這個大池子裡游來游去。

「反正自從這傢伙來了以後，什麼都變了，一點規矩也沒有了。」月牙兒生氣的想著；但轉念又想——「哼，他也得意不了多久了，他馬上就要滾了。」

30

　　想到這裡，月牙兒突然感到很興奮；他已經
可以想像出，等這討厭的傢伙一走，這裡就會
恢復原狀，他又是唯一的鯨魚寶寶，大家又會像
從前一樣專程來這裡看他 …… 啊，只要這傢伙
一走，過去那種美好的生活又可以回來了，
他又可以好快樂、好快樂了 ……

月牙兒興奮得無法平靜。他突然有一個念頭，他實在很想知道，這驕傲的傢伙如果知道自己即將要被送離這裡，不知道會是什麼表情？一定會很傷心、很難過吧？大概再也沒辦法那麼跩了吧？

「好，我現在就去告訴他。」月牙兒打定了主意；那傢伙成天誰也不理，月牙兒猜想他一定不知道最近大家都在談論的計畫。

月牙兒游了過去，游到小駝背鯨附近，衝著他大叫：「喂！蔚藍！」

一連叫了好幾聲，那傢伙才總算睜開眼皮，冷冷的問：「你叫誰？」

「當然是叫你呀！你不是叫『蔚藍』嗎？」

32

「誰說我叫這個怪名字來著？」

「什麼？這不是從大家替你辦的命名活動裡所選出來的名字嗎？」

月牙兒本來還想說：「應徵的信函比我那個時候的命名活動還多呢。」但是話到嘴邊，又被他及時吞了回去；他不想讓這傢伙太得意。

不料，那傢伙只悶哼一聲，冷冷淡淡的說：「名字？那是什麼玩意兒？我才不在乎他們叫我什麼名字！」

「你怎麼可以這麼說？名字當然很重要，只有動物明星才會有名字。」

「隨你怎麼說吧。」說完，小駝背鯨又閉上眼睛，似乎是想結束這次的對話。

33

「喂！」月牙兒不甘心的又叫他：
「你知不知道他們打算要把你送走！」

月牙兒真正的意思是 ── 「以後你別想
繼續在這裡囂張了！」

小駝背鯨一聽，立刻很有反應。他眼神
一亮，急切的問：「他們有沒有說要把我
送到哪裡去？」

「我聽到他們說要送你回大海 ……」

「真的？真的？」月牙兒還沒有說完，
小駝背鯨就已經興奮的叫起來：「他們真的要
送我回大海？哇！太棒了！真的太棒了！」

瞧這傢伙欣喜若狂的模樣，真是令月牙兒
感到十分意外；他原本還以為當這傢伙知道
自己要被送離動物園這麼棒的地方時，
一定會立刻痛哭失聲才對！沒想到，他不但
不哭，反而還快樂的張開大嘴唱起歌來了。

唱了兩句，
小駝背鯨開心的對月牙兒說：
「你知道我回去以後最想做什麼嗎？
我要好好的、痛痛快快的唱上三天三夜！
我會唱很多又長又複雜的曲子，
在我滿周歲以前，
每天都沉浸在我媽媽的歌聲中……」

37

「你在這裡不能唱嗎？」月牙兒奇怪的問。

「這裡？你別開玩笑了。」小駝背鯨的臉上出現一抹不屑的神情。這神情令月牙兒感到很不舒服，掉頭就想走。

「欸，等一下！」這回，是小駝背鯨叫住他，等月牙兒回過身來，小駝背鯨有些羞澀的對他說：「謝謝你，你真好心……對不起，我這一陣子不太有禮貌，我實在是……實在是心情不好……請你原諒我吧。」

聽他這麼一說，月牙兒反而感到很不好意思，支吾一聲就快快游開了。

39

月牙兒游到媽媽身邊，
媽媽剛練完騰空旋轉，正在休息。
「媽媽，」月牙兒一臉疑惑的問：
「『大海』到底是一個什麼樣的地方啊？」
「是——是一個很美的地方。」
「很大嗎？」
「非常非常大——」
「有我們這個表演池這麼大嗎？」
媽媽望著月牙兒，幽幽的嘆了一口氣，
「比我們這裡大多了呀——」
「那裡有什麼好玩的呢？」月牙兒又問：
「那裡的鯨魚也會用尾鰭來『揮手』嗎？」
「孩子，」媽媽憂傷的說，
「在大海，鯨魚豎起尾鰭，是為了航行，
不是為了要討好觀光客。」
說完，媽媽就神色黯然的游開了。
「媽媽，再多告訴我一點嘛，」
月牙兒跟在媽媽後頭著急的說：
「我還想再多知道一些關於大海的事呀。」

42

43

但是，媽媽卻只是沉默著。媽媽
是在多年前被漁人捉到以後，
輾轉賣到這裡來的，媽媽
對於從前生活在大海的
口了，一向不願
提起。

44

45

# ～5～

　　小駝背鯨順利的
被送回了大海。他走了
以後，月牙兒的生活
大致算是恢復了正常，
但也不是完全一樣。
過去他一心認定動物園
是世界上最棒的地方，
可是現在 —— 他有了疑惑：
那個叫做「大海」的地方
會比這裡好嗎？「大海」
究竟是什麼樣子呢？

　　不知道怎麼搞的，
他忽然非常羨慕那隻
不肯被叫做「蔚藍」的
小駝背鯨，因為小駝背鯨
回到大海去了，而「大海」
—— 又是一個他永遠也無法
想像的地方……

46

## 虎　鯨 Killer Whale 小檔案

又稱殺人鯨、殺手鯨、逆戟鯨。

體色黑白相間的虎鯨是海豚科家族中體型最大的成員；在海上，具有強壯下巴和銳利牙齒的虎鯨是強大的獵食者，主要食物為魚、海豚、海豹、海獅和其他鯨類；儘管虎鯨是海豹與海獅的天敵，但從來沒有傷害或攻擊過人類。初生的幼鯨身長約 2.1～2.5 公尺，成年的虎鯨則約 5.5～9.8 公尺。

虎鯨的眼睛後方有明顯的白色斑塊；大胸鰭呈槳狀；背鰭高聳有缺口，且後方具灰色斑紋。虎鯨的背鰭形狀，雄鯨近乎等腰三角形，雌鯨較小而彎如鐮刀，幼鯨則類似雌鯨；背鰭上的缺口和背鰭後方的灰色斑紋（幼鯨則不明顯或沒有），則每一隻都不一樣。


## 駝背鯨 Humpback Whale 小檔案

即大翅鯨，別名座頭鯨。

鬚鯨科的駝背鯨，體型大而粗壯，沒有牙齒而有鯨鬚，主要以磷蝦等浮游生物為食物；初生的幼鯨身長約 4～5 公尺，成年的駝背鯨則約 11.5～15 公尺。

駝背鯨可說是大海中最愛唱歌的音樂家，繁殖區的雄鯨更以能唱出動物界最長且複雜的歌曲而聞名；牠們也是大型鯨類中最生動活潑的，常側躺豎起一側胸鰭（胸鰭拍水），或露出尾鰭（鯨尾擊浪），或全速躍出水面（躍身擊浪），深具力與美。

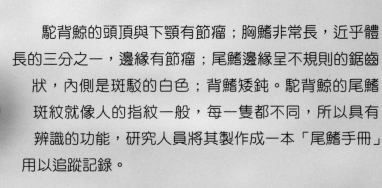

駝背鯨的頭頂與下顎有節瘤；胸鰭非常長，近乎體長的三分之一，邊緣有節瘤；尾鰭邊緣呈不規則的鋸齒狀，內側是斑駁的白色；背鰭矮鈍。駝背鯨的尾鰭斑紋就像人的指紋一般，每一隻都不同，所以具有辨識的功能，研究人員將其製作成一本「尾鰭手冊」用以追蹤記錄。

## ▶ 寫書的人 ————————————————

### 管家琪

　　1960 年生於臺北市。祖籍江蘇鹽城。輔仁大學歷史系畢業。曾任《民生報》記者，現專職寫作，以少年兒童文學創作為主。已出版原創的童話及少年小說七十餘冊，翻譯和改寫的作品也有七十餘冊。

　　曾獲臺灣省政府教育廳兒童文學創作獎首獎等近 20 個獎項。作品《小婉心》獲金鼎獎，《珍珠奶茶的誘惑》獲德國法蘭克福書展青少年最佳選書，《真情蘋果派》獲香港書展百大好書。

## ▶ 畫畫的人 ————————————————

### 吳健豐

　　從小喜愛畫圖的吳健豐，高職美工科畢業後，就到卡通公司從事背景繪製，也為雜誌報刊畫過插圖，並曾為廣告與產品繪製海報。

　　為了滿足自己求知、求變的欲望，他曾投入室內與建築的設計工作。這個行業讓他學到很多東西，也因此發現自己真正想要的。

　　從事過那麼多的行業，吳健豐卻一直無法忘懷對繪畫與生俱來的熱愛。他很高興現在又能把畫畫當工作，希望將來能做得更專業、繪製更多的作品與大家分享。

## 兒童文學叢書

# 童話小天地

榮獲新聞局第五屆圖畫故事類「小太陽獎」暨
第十八次中小學生優良課外讀物推介
文建會2000年「好書大家讀」活動推薦

丁伶郎　　奇奇的磁鐵鞋　　九重葛笑了

智慧市的糊塗市民　　屋頂上的祕密　　石頭不見了

奇妙的紫貝殼　　銀毛與斑斑　　小黑兔　　大野狼阿公

大海的呼喚　　土撥鼠的春天　　「灰姑娘」鞋店

無賴變王子　　愛咪與愛米麗　　細胞歷險記

童話的迷人，

正是在那可以幻想也可以真實的無限空間，

從閱讀中也為心靈加上了翅膀，可以海闊天空遨遊。

這一套童話的作者不僅對兒童文學學有專精，

更關心下一代的教育，

出版與寫作的共同理想都是為了孩子，

希望能讓孩子們在愉快中學習，

在自由自在中發展出內在的潛力。

——簡宛（名作家暨「兒童文學叢書」主編）

# 兒童文學叢書

## 小詩人系列

榮獲新聞局第十六、十七、十八、十九次
中小學生優良課外讀物推介
文建會「好書大家讀」活動1997、2000、2001年推薦好書暨
1997、2000年最佳少年兒童讀物

三民書局的「小詩人系列」自發行以來，

本本皆可稱「色藝雙全」，

在現今的兒童詩集出版品中，

無疑是相當亮麗的一片好風景。

——林文寶（國立臺東師院兒童文學研究所所長）

最新
出版

# 兒童文學叢書

# 藝術家系列

榮獲新聞局第四屆人文類「小太陽獎」暨
第十七、十九次中小學生優良課外讀物推介
文建會1998、2001年「好書大家讀」活動推薦暨
1998年最佳少年兒童讀物

永恆的沉思者 · 鬼斧神工話羅丹

非常印象非常美 · 莫內和他的水蓮世界

金黃色的燃燒 · 梵谷的太陽花

愛跳舞的方格子 · 蒙德里安的新造型

流浪的異鄉人 · 多彩多姿的高更

藝術對孩子美學能力的啟迪是最直接的，

在《藝術家系列》中，我們得以透過文學家感性的文筆，

深入這些藝術家心靈的世界，經歷他們奮鬥的過程。

——鄭榮珍（作家）

用說故事的兒童文學手法來介紹十位西洋名畫家，故事撰寫生動，饒富兒趣，筆觸情感流動，插圖及美編用心，整體感覺令人賞心悅目。孩子們在一面欣賞藝術之美，同時也能領略文字的靈動。

——「小太陽獎」得獎評語

超級天使下凡塵 · 最後的貴族

生命之美 · 維梅爾的祕密

半夢幻半真實 · 天真的大孩子盧梭

永遠的漂亮寶貝 · 小巨人羅特列克

騎木馬的藍騎士 · 康丁斯基的抽象音樂畫